© 2025 Isabelle Desbenoit
Édition : BoD · Books on Demand,
31 avenue Saint-Rémy,
57600 Forbach, bod@bod.fr
Impression : Libri Plureos GmbH,
Friedensallee 273,
22763 Hamburg (Allemagne)
ISBN : 978-2-3225-9531-0
Dépôt légal : Mai 2025

De la même Autrice :

Romans grands caractères en
Police 18
Collection « *Courts romans Grands Caractères* »

- **Le Mas des Oliviers**, *BoD*, 2022
- **Le cadeau d'Anniversaire**, *BoD*, 2022
- **Autour d'un feu de cheminée**, *BoD*, 2022
- **En cherchant ma route**, *BoD*, 2022
- **Le hameau des fougères**, *BoD*, 2022
- **La fugue d'Émilie**, *BoD*, 2022
- **Un brin de muguet**, *BoD*, 2022
- **Le temps des cerises**, *BoD*, 2022
- **Une Plume de Colombe**, *BoD*, 2022

- **La dame au chat**, *BoD*, 2022
- **Un secret**, *BoD*, 2022
- **La conférencière**, *BoD*, 2022
- **L'étudiant**, *BoD*, 2022
- **Un week-end en chambre d'hôtes**, *BoD*, 2022
- **L'héritière**, *BoD*, 2022
- **On a changé de patron**, *BoD*, 2022
- **Un automne décisif**, *BoD*, 2022
- **Disparition volontaire**, *BoD*, 2022

Romans **GRANDS CARACTÈRES** Police 18 :

- **La Villa aux Oiseaux,** *BoD, 2023*
- **Croisière sur le Queen Mary II**, *BoD, 2023*

- **New York, en souvenir d'Émile**, *BoD, 2023*
- **La Douceur de vivre en Roannais, Tome I**, *BoD, 2023*
- **La Douceur de vivre en Roannais, Tome II**, *BoD, 2023*

Série SYBILLE, la graphologue
Grands Caractères Police 18

- **Candice, qui êtes-vous vraiment ?** *BoD, 2024*
- **L'homme au pull bleu**, *BoD, 2025*

Série BERTILLE
Grands Caractères Police 14

- **BERTILLE L'Amour n'a pas d'âge**, *BoD*, 2021
- **BERTILLE Les Candélabres en

Porphyre, *BoD*, 2020
- **BERTILLE, Les lilas ont fleuri**, *BoD*, 2019
- **BERTILLE, La Patiente aux souliers gris**, *BoD, 2022* (versions de cette série en Police 18 Luciole, adaptée pour malvoyant.e.s, DMLA, etc. à venir)

Romans et livres **Police 12 :**

- **La Douceur de vivre en Roannais,** roman, *BoD, 2018*
- **Une plume de Colombe,** nouvelles, *BoD, 2017*
- **New York, en souvenir d'Émile**, roman, *BoD, 2017*
- **Croisière sur le Queen Mary II**, roman *BoD, 2016*
- **La Villa aux Oiseaux,** roman, *BoD, 2015*

- **La Retraite Spirituelle**, roman, *BoD, 2015*
- **Recueil de (Bonnes) Nouvelles**, *BoD, 2014*

Thriller religieux :
- **In manus tuas Domine...**, *BoD, 2009*
- **In manus tuas Domine,** *Version en GRANDS CARACTÈRES*, *BoD, 2024*

LIVRES ENFANTS/ADOLESCENTS
(à partir de 10 ans) **Police 12 et 14 :** *(versions adaptées pour troubles DYS à venir)*

- **Farid, la Trilogie**, *BoD, 2014*
- **Farid et le mystère des**

falaises de Cassis, *BoD, 2009*
- **Farid au Canada**, *BoD, 2009*
- **Farid et les secrets de l'Auvergne**, *BoD, 2009*

Site de l'autrice :
www.isabelledesbenoit.fr
(L'autrice écrit sans AUCUNE assistance de l'IA et a des correcteur(e)s humains.)

© **Isabelle Desbenoit, 2025**
Éditeur : Books on Demand
Impression : Books on Demand
In de Tarpen 42, Norderstedt (Allemagne)
ISBN : 9782322595310
Dépôt légal : Mai 2025
Tous droits réservés pour tous pays

LA FAMILLE SANS ÉCRANS

Isabelle Desbenoit

Cet après-midi, alors que la pluie tambourinait sur le toit, se tenait un conseil de famille chez les Delfauds. Une fratrie un peu particulière, recomposée depuis un drame, il y avait de cela neuf ans. À l'époque, les parents, Grégory et Lætitia, avaient déjà deux beaux enfants : Nathan et Lucas, âgés respectivement de six et quatre ans. Le frère de Lætitia et sa femme furent alors victimes d'un accident de voiture et moururent sur le coup tous les deux. Ils allaient récupérer leurs filles Romane et Clara chez les parents de Nadège, la maman. En un quart de seconde, les deux petites filles de quatre et huit ans devenaient orphelines. Lætitia et Grégory n'avaient pas hésité bien longtemps, les grands-parents ne pouvant s'occuper d'enfants sur le long terme, le couple avait décidé très vite d'accueillir les deux cousines germaines de leurs enfants. C'était difficile de passer de deux enfants à quatre ! Matériellement déjà, car leur appartement était petit. Tout avait été compliqué et Lætitia avait dû arrêter son travail de consultante pendant deux mois tandis que Grégory continuait le sien dans le quartier de la Défense. La vie à six dans une grande ville avec quatre jeunes enfants n'était plus possible. Il avait fallu se décider très vite. Lætitia rêvait depuis longtemps de vivre à la campagne et ce choix, qui devait être fait un peu plus tard, avait été mis en place plus rapidement que prévu. L'achat d'une grande ferme à retaper, mais dont trois pièces étaient déjà vivables, et d'un terrain agricole attenant de cinq hectares dans le Lot avait été acté. Tout s'était décidé très vite : le couple n'était pas originaire de la campagne et ne se voyait pas élever de gros animaux ni travailler la terre à grande échelle, à part un jardin pour la nourriture de la famille.

Ce serait donc cinq poulaillers d'une centaine de poules avec un magasin à la ferme sur le thème de l'œuf et de la poule.

Le commerce de la petite exploitation se répartissait sur différents clients. Il y avait la vente directe des œufs bio, une centaine chaque jour, à soixante centimes pièce. Une restauratrice et deux boulangers venaient s'approvisionner en œufs frais pour un prix plus modique. Pour la vente à emporter, le couple fabriquait également chaque jour des flans avec leurs œufs tout frais et le lait de la ferme biologique à cinq kilomètres. Les meringues étaient aussi leur spécialité, nature ou à différents parfums. Deux fois par semaine, le mardi et le jeudi, les clients venaient déguster sur place des omelettes fraîches, bien cuites ou baveuses, servies dans un carton accompagné de riz blanc et d'une sauce à choisir, l'on pouvait également déguster des œufs mimosa extra-frais.

Bien vite, le magasin s'était enrichi de produits dérivés autour des thèmes de la poule et de l'œuf : vente de coquetiers de toute sorte, en porcelaine, en bois tourné, faits par des artistes du secteur. Une peintre et céramiste proposait de petits tableaux représentant des poules, des œufs et des boîtes à œufs fantaisie en terre cuite.

Et l'on envisageait d'élever quelques cailles pour enrichir le choix en vendant leurs œufs. La famille vivait avec peu de revenus mais n'avait plus du tout les mêmes besoins. Le jardin donnait les légumes, leurs quelques arbres fruitiers de quoi en consommer frais et de faire des confitures. L'on ramassait aussi des fruits dans la nature pour compléter, des mûres ou des pêches de vigne sauvages.

Le fromage, les yaourts et autres fromages secs étaient troqués en échange d'œufs au commerçant bio qui venait sur le marché, une fois par semaine, au village voisin. En ce qui concernait la viande, pas de poules au pot, on les aimait trop pour les manger ! Elles vivaient leur vie jusqu'au bout et mouraient de leur belle mort. Le boucher du village fournissait la maisonnée avec des viandes issues des fermes voisines. C'était une famille où l'on mangeait des viandes blanches, du boudin, du jambon et quelques autres charcuteries, des petits poissons en boîte, sardines ou maquereaux, la viande rouge n'était au menu qu'une fois par semaine.

La ferme avait été aménagée le plus rapidement

possible pour que chaque enfant ait sa chambre, les volets repeints en rouge vif ainsi que la belle porte d'entrée à petits carreaux. Visible de la route départementale, elle attirait ainsi le regard des clients, l'été les touristes passant par là y venaient donc volontiers.

En ce qui concerne l'intérieur de la maison, ce n'était pas la même histoire : il restait beaucoup de peintures et autres travaux de finition mais le quotidien était si occupé par l'activité de la ferme qu'ils étaient sans cesse remis à plus tard. Qu'importe, on y dormait au chaud, grâce au poêle à granulés et à quelques radiateurs d'appoint et au sec avec une toiture qui avait été refaite à neuf par l'ancien propriétaire.

Pour le conseil de famille, c'était une institution un peu solennelle qui existait dans la maisonnée quand il fallait décider quelque chose ou quand un événement important nécessitait que l'on en parle tous ensemble. Le couple s'efforçait d'être bien présent pour ses enfants et de les écouter, de s'intéresser à leur quotidien. Grégory, qui aimait beaucoup sa fonction de père, s'occupait des enfants comme sa femme, la parité des tâches était une réalité pour eux et les enfants étaient élevés dans une grande autonomie mais aussi responsabilité. Les parents avaient compris que si l'on enseignait des choses sans les vivre soi-même, ce n'était pas la peine de le faire.

— Eh ! Vous avez vu ce concours ? 100 000 euros à gagner ! Et si on s'inscrivait ? lança la mère de famille.

Dans le journal local, un court article décrivait le challenge. Il était réservé à des familles d'au moins deux enfants de plus de douze ans.

— On rentre dans les critères ! Et si on le faisait ?

C'est Lætitia, en effet, qui avait déniché cette proposition. Elle n'était parue que sur la version papier du journal et c'était un encart qui n'attirait pas l'œil. La quadragénaire aimait parcourir le journal tout en buvant son café et en mangeant ses tartines. Elle déjeunait souvent la première étant d'une nature matinale. C'était son moment à elle, un temps précieux de solitude dont elle avait besoin. Pour ce concours, il fallait habiter dans un rayon de soixante kilomètres autour du siège de la société du riche industriel qui l'organisait. Une adresse mail indiquait où demander le dossier pour s'inscrire. C'était donc l'objet de la réunion en cette matinée printanière. Un mois pour les inscriptions, puis, le temps du traitement des candidatures et le concours commençait au 1er septembre, à la rentrée, pour un an tout juste.

— Un an sans écrans ? Pas de télé, pas de téléphone, pas de jeux vidéo ? Les enfants s'étaient tous récriés que ce n'était pas possible.

Pourtant c'était une famille où le temps d'écran de chacun était scrupuleusement régulé et où l'on respectait tous les recommandations du site « e-enfance ». C'est-à-dire que Lucas et Romane avaient le droit à une demi-heure par jour, Nathan, trois quarts d'heure et Clara, qui était en terminale, avait une heure, en plus de ses devoirs qui nécessitaient une connexion. Contrairement à ses frères et sœur, l'aînée était autorisée à aller sur les réseaux sociaux. La jeune fille n'était pas très fan du *scrolling* et préférait utiliser son heure de connexion à regarder des chaînes YouTube qui l'intéressaient après avoir passé un bon moment sur le groupe Snapchat avec sa bande d'une dizaine d'amis et amies.

À l'objection unanime des enfants, leur mère avait répondu avec finesse.

— Demandons toujours le règlement, non ? Cela n'engage strictement à rien à ce stade. De toute façon, l'argent serait pour vous, à vous partager en quatre...

— Ouah ! Moi qui ai déjà trois cents euros d'économie sur mon compte ! s'était exclamé Nathan. Alors là !

À quinze ans, c'était la petite fourmi de la famille, il

mettait tout l'argent de côté qu'il recevait pour son anniversaire ou Noël, par exemple, sans rien dépenser. Il ne savait pas encore pourquoi il faisait toutes ces économies mais cela le rassurait de les faire…

Romane avait tout de suite pensé à son rêve de devenir chercheuse en neurosciences : il en faudrait des années d'études ! Et elle n'avait aucune envie de travailler comme caissière au supermarché le week-end pour arriver à s'en sortir.

Clara, quant à elle, avait envie de voyager, elle se voyait déjà parcourant le monde, sac sur le dos, sans soucis avec tout cet argent.

Pour Lucas, encore très petit garçon malgré ses treize ans et une croissance précoce qui l'avait transformé en un grand gaillard d'un mètre quatre-vingts, il rêvait de s'acheter un ballon de foot en cuir, des bonbons, des gâteaux et des pétards ! Il dépensait tout ce qu'on lui donnait sur-le-champ et n'avait jamais un sou de côté et... était toujours affamé !

Quant aux parents, ils seraient effectivement très soulagés si chacun de leurs enfants pouvait avoir une petite cagnotte personnelle à sa majorité. L'entreprise « La poule ou l'œuf » ne leur permettait pas de mettre de côté pour les quatre ados dont ils avaient la charge. Tout juste un petit matelas en cas de défaillance de leurs deux vieux véhicules ou autres dépenses imprévues. Mais, en fait, en discutant ensemble avant de présenter l'idée aux enfants, c'était surtout celle de vivre « sans écrans » qui les avait séduits et non pas seulement le prix final.

— En fait, dans ma troupe d'éclaireurs, il y a des scouts qui n'ont pas de portable du tout, même à treize ans ! Il y en a deux. Eux, ils auraient gagné déjà le prix ? s'interrogeait Romane.

— Je ne sais pas du tout ce que le règlement prévoit pour les familles qui respectent déjà cette absence d'écrans. Nous verrons bien... Alors, on demande le règlement ou pas ?

— Oui !!

Les quatre enfants furent unanimes après une petite demi-heure de discussion, ils se dire prêts à examiner ce fameux règlement.

Quatre familles avaient été retenues finalement. La nouvelle du concours s'était répandue comme une traînée de poudre dans le canton. Les candidatures avaient été assez nombreuses ; le gain était énorme mais seules les familles présentant des chances de réussir avaient été inscrites valablement. Car le règlement était très strict : si l'on prenait un seul membre de la famille avec un écran (sauf si c'était évidemment dans le cadre du travail à l'école ou lors des permissions accordées), celle-ci était disqualifiée sur-le-champ. Les contrôles se faisaient de manière inopinée et partout. Un contrat très contraignant, impliquant la possibilité de contrôle à tout moment, devait être signé par tous les membres de la famille. Pour cette tâche, l'industriel avait embauché à temps plein un jeune qui avait toute latitude pour contrôler. Il était, en outre, équipé de différents appareils et logiciels sophistiqués pour l'aider dans son travail.

De plus, l'industriel avait demandé que des psychologues suivent et enquêtent sur les effets de cette expérience. Sans que cela soit une étude scientifique car le panel de personnes était trop réduit, cela faisait aussi partie de son objectif de mesurer certaines caractéristiques avant et après l'année « sans écrans ». Avec leur permission, les deux femmes psychologues avaient fait passer différents tests aux participants, y compris aux parents.

Une autre psychologue, qui travaillait dans une approche systémique, avait organisé des entretiens avec chaque famille avant que démarre le concours pour comprendre les interactions entre chacun des membres.

Il faut dire que le couple qui finançait tout cela sur ses propres deniers avait une raison intime de le faire. Leur très chère fille unique, Charlotte, s'était suicidée après avoir été harcelée sur les réseaux sociaux. Son père, très pris par son travail, se reprochait de n'avoir rien vu et donc rien fait pour prévenir ce drame absolu. Sa femme, elle non plus, ne se le pardonnait pas. Elle était pourtant attentive et proche, mais Charlotte n'avait rien dit, rien montré. Elle était souvent dans sa chambre et ne riait plus aux éclats comme lorsqu'elle était petite, mais les deux parents avaient mis cela sur le compte de l'adolescence. Rien d'autre ne transparaissait de son drame. Si tout avait été mis en œuvre juridiquement pour que les coupables soient punis, cela ne consolait en rien le couple. Ils avaient failli se séparer tellement le chagrin les repliait chacun en eux-mêmes. Et puis, finalement, ayant été suivis en thérapie de couple, ils avaient décidé de retourner à la vie en faisant quelque chose pour que ce drame n'arrive plus.

Charlotte serait avec eux dans cette cause qui devenait leur combat. L'association « Charlotte Lambert » avait vu le jour et, grâce aux moyens importants du couple, elle œuvrait dans les collèges et les lycées en associant les élèves à des actions diverses pour prévenir le fléau du harcèlement ; la meilleure prévention étant finalement de vivre une vie relationnelle « réelle » pour les jeunes. Ce concours de « la famille sans écrans » était une des actions entreprises.

Le règlement stipulait donc un an sans écrans du tout pour chaque membre de la famille, en dehors du travail ou de l'école pour les besoins de l'apprentissage bien sûr et des permissions accordées dans le règlement. Par contre, la radio était autorisée à la maison pour s'informer ou écouter des émissions, et cela, sans aucune restriction. Les quatre enfants avaient des téléphones à clapet pour être joignables quand ils sortaient seuls, sinon, ils devaient les laisser à la maison. Ils pouvaient ainsi téléphoner à leurs amis pour les inviter ou aller chez eux. C'était un peu compliqué d'aller voir leurs amis car le jeune chargé de la surveillance devait venir pour s'assurer que la consigne du « sans écrans » était respectée pour les enfants de cette famille si particulière.

Ces téléphones à clapet donnaient la possibilité de taper des SMS mais en appuyant sur chaque touche un certain nombre de fois pour chaque lettre : beaucoup moins facile et plus long ! Les adolescents pouvaient également laisser des messages vocaux sur le répondeur téléphonique de leurs amis. C'était réduit mais permettait de garder le lien. Il existait bien des téléphones plus modernes avec ce seul usage dans le commerce mais les appareils à clapet avaient été choisis à dessein pour réduire leur usage, favoriser au maximum la vraie vie ou le dialogue au téléphone.

Les psychologues avaient fait différents tests sur les six membres de la famille et les referaient dans un an. D'autres familles, avec des utilisations diverses des écrans au niveau du taux horaire et de l'utilisation (jeux, *scrolling*…), étaient aussi testées avec des enfants de cette tranche d'âge. Il avait fallu s'assurer que tous les membres de la famille étaient d'accord pour participer à l'expérience. Un deuxième conseil de famille chez les Delfauds avait décidé cette participation qui avait donc été votée à l'unanimité. Comme cela avait été convenu à la première réunion, les parents comptaient donner aux enfants la presque totalité du prix s'il était remporté : pour faire leurs études ou autre projet quand ils auraient la majorité, il n'était pas question en revanche d'utiliser l'argent avant celle-ci. Ils garderaient une petite part de la somme pour acheter une nouvelle voiture familiale.

Seul Lucas avait eu du mal à donner son consentement. Mais les trois autres enfants, très motivés, avaient su lui apporter leur enthousiasme et le convaincre. À treize ans, on ne se projette pas encore trop dans l'avenir et le jeune garçon avait peur de perdre ses amis s'il ne pouvait pas communiquer avec eux autrement que par petits SMS. En effet, seule Clara avait le droit d'avoir accès à Snapchat et Instagram sur son temps d'écran. Et, évidemment, elle devait le faire seule, sans sa fratrie à proximité.

Devant le refus de Lucas, les parents étaient sortis du salon et avaient laissé les quatre enfants délibérer entre eux pendant une demi-heure. Il n'était pas question de faire le concours si l'un d'eux traînait les pieds. Quand ils étaient revenus, Lucas avait expliqué qu'il était d'accord, ses frères et sœurs avaient dû avoir les bons arguments.

— Lucas, regarde-moi dans les yeux, tu es sûr de toi ? Tu ne dis pas oui parce que les autres t'ont demandé de le faire ?

— Non, papa, avait répondu Lucas. Je vais y arriver et un an cela passe vite ! Et moi, je n'aurai peut-être pas du *scrolling* sur TikTok mais à dix-huit ans, j'aurai plein de sous ! Et puis, comme de toute façon à la maison on ne peut pas regarder les réseaux déjà, finalement, je vais me faire des codes avec mes copains pour les SMS pour éviter de taper trop de lettres, ça va être marrant, un alphabet secret !

— Il ne faudra pas dire j'arrête ou je me fais prendre à désobéir à la consigne, sinon tu feras perdre tes trois frères et sœurs, tu l'as compris cela ? Tu l'as bien intégré ? avait insisté la maman, connaissant la versatilité de son ado.

— Promis, promis, juré ! je m'engage et je ne ferai pas perdre les autres ! Et je suis content de faire le défi, avait affirmé de nouveau Lucas, crânement.

— Allez, on se lance alors…

Les six signatures avaient été apposées sur le contrat et on avait fêté cela en ouvrant une bouteille de jus de fruits maison de mûres sauvages et en mangeant des oursons en chocolat.

Pour les parents, si occupés par leur activité professionnelle, ce n'était pas vraiment un sacrifice, et c'était aux enfants de savoir s'ils voulaient ou non se lancer dans cette aventure peu banale mais aussi tellement enrichissante ! Savoir respecter une parole donnée sur un temps long, comprendre que la vie sans écrans était formidable et pouvait apporter de grands plaisirs que le temps capté par les écrans ne permettait plus aux enfants d'expérimenter ; jouer dehors tous ensemble, inventer des jeux, faire du vélo, du skate, que d'activités à pratiquer tous les quatre !

Évidemment, les psys qui avaient conseillé l'industriel dans ce défi avaient veillé à l'équilibre des enfants. Il y avait cinéma (soit un film à la maison, soit au cinéma) une fois par semaine et un droit à une heure de jeux vidéo hebdomadaire pouvant être répartie par deux fois une demi-heure. Ainsi les enfants n'étaient pas en décalage avec leurs amis et pouvaient apprécier des films ou des séries mais avec parcimonie.

Il faut dire que les contrôles étant sévères et surtout sans pardon, les enfants de la famille Delfauds, qui s'étaient pris au jeu, ne voulaient absolument pas perdre et savaient que, s'ils tenaient leur promesse chacun, ils remporteraient la somme prévue. Aucun ne voulait être celui ou celle qui ferait perdre tout le monde. Au collège, ils avaient le droit de travailler sur écrans comme les autres évidemment mais dès qu'ils étaient sortis et que leurs petits camarades avaient les portables en main, ils mettaient des bandeaux sur leurs yeux qu'ils portaient autour du cou. Leurs amis avaient bien vite compris qu'en leur présence, il était inutile de les faire craquer ou de passer son temps à regarder des vidéos TikTok. Le jeu avait duré quelques jours puis, tout le monde avait pris l'habitude : pas de smartphone quand Lucas, Nathan, Clara ou Romane étaient dans le secteur. D'autant plus que les enfants Delfauds avaient promis à leurs amis une fête mémorable s'ils arrivaient au bout du défi... Finalement, comme une tache d'huile qui s'étale, beaucoup d'autres enfants se prenaient au jeu de lâcher leur téléphone en fréquentant cette famille « sans écrans » et cela ne semblait pas si difficile.

Ce soir-là, Grégory et Lætitia faisaient le tour des poulaillers, comme tous les jours, munis chacun de leur lampe frontale. Sur leur terrain, cinq poulaillers de cent poules chacun étaient installés, avec, pour chaque lot de poules, un très vaste espace de prés verdoyants ainsi qu'une partie couverte attenante au poulailler pour leur permettre de s'abriter en cas de pluie. Tout était automatisé au niveau des distributions de grains et d'eau. Main dans la main ou bras dessus, bras dessous, ce moment leur permettait aussi d'être en tête à tête :

— Comment trouves-tu les enfants depuis le début du concours ? demanda Grégory à sa femme.

— Je ne sais pas, je trouve qu'ils se disputent moins, ils sont plus gentils entre eux, non ? Surtout Romane et Lucas, ils jouent ensemble plus, non ? Et Clara est plus patiente avec ses frères, répondit Lætitia.

— Oui, tu as vu, elle a enlevé la pancarte « interdit d'entrer » à la porte de sa chambre ! Et je les ai entendus s'entendre pour leur tour de vaisselle et de ménage, Clara a accepté de changer avec Nathan qui voulait avancer pour leur cabane…

— Oui, ce concours est vraiment une bénédiction… On n'a pas à faire les gendarmes pour les temps d'écrans, et ils sont ultra-motivés ! Je ne pensais pas que Lucas s'y mettrait avec autant de sérieux…

— Pour moi, nous ne serons pas la seule famille à réussir, si l'on n'est que quatre familles, c'est pour que toutes aillent au bout… tu ne crois pas ?

— Oui, et 25 000 euros, c'est une coquette somme aussi, les 100 000 euros, c'était un bon coup de pub pour faire connaître le concours et sa cause, l'association est très pro, réfléchit Grégory.

— C'est bien que l'on ne connaisse pas les autres familles, car ainsi chacune fait son propre défi à sa manière, je pense aussi que c'est ce que les psychologues veulent observer… Mais pour moi, au niveau de l'ambiance familiale, on a déjà tout gagné !

— Tu as vu ces fous rires quand on joue au Monopoly ou au Cluedo tous ensemble ? On ne le faisait jamais avant, mais là, je ne pourrai plus m'en passer de ces moments de jeux de société une fois par semaine !

— Non, et puis surtout, ils sont tout le temps dehors aussi ! Cela non plus ce n'était pas le cas avant, ils ont pris goût au grand air. Nathan adore partir en exploration dans le coin, tu as remarqué avec son petit sac à dos ? Il m'a demandé s'il pouvait passer une nuit dehors un samedi soir et revenir le dimanche, tout seul. Je lui ai dit que je t'en parlerais mais je le trouve trop jeune encore, on ne sait jamais ce qui peut arriver…

— Il peut aller dormir au camping à V., c'est à une quinzaine de kilomètres, il ne serait pas tout seul comme cela et il aurait l'impression d'être en autonomie.

— Oui, pourquoi pas ? Il ne m'en a pas reparlé depuis la semaine dernière mais s'il revient à la charge, on pourra lui proposer cela. Notre fiston aime bien être seul, c'est rare, l'adolescence, c'est souvent chercher à être en bande ou accepté par les copains…

— Oui, son caractère est assez introspectif, c'est fou comme ils sont tous différents, le contraire de Lucas ou de Romane. Clara, elle, est plus dans un mixte : elle a des amies mais sait aussi s'occuper seule.

— De toute façon, il nous faut accepter qu'ils changent, tous, ce n'est pas facile de faire le deuil de nos petits et de se dire que bientôt, dans quelques années, on va se retrouver tous les deux... Je n'ose même pas y penser.

— Attends, on aura peut-être des petits-enfants aussi à

garder ! Non, je suis d'accord, les voir partir, ça va être dur. On va se retrouver tout seuls avec nos poules ! Oui, cela me paraît en même temps si lointain !

Le couple, tout en devisant, achevait sa tournée des poulaillers, tout était calme, nul renard en vue, nulle fouine en embuscade, les poules dormaient en paix en équilibre sur une patte. Ils finirent leur tour en silence, en pensant à cet avenir.
Grégory s'arrêta soudain, les larmes lui montaient aux yeux. Le temps qui passe et cet avenir lui semblaient soudain insurmontables. Il prit Lætitia dans ses bras en l'embrassant

longuement. Il lui murmura à l'oreille : « Tu m'as moi ? On s'aime, on y arrivera ! » Lætitia lui rendit son baiser et le serra avec force. Oui, leur amour, qui était le ciment de leur famille resterait, de cela, ils en étaient sûrs.

Théo s'apprêtait à sonner à la porte de la grande maison bourgeoise de Monsieur et Madame Lambert. Il était arrivé en bus de son quartier, le plus pauvre de la ville où il habitait en HLM avec sa mère, son frère et sa sœur. Son père était parti avec une autre femme après la naissance de sa petite sœur et ne donnait plus de nouvelles. Théo avait une maman très courageuse qui cumulait les heures en tant qu'auxiliaire de vie pour faire vivre ses enfants. Il avait été tenté de mal tourner en rejoignant les trafics mais finalement, en fréquentant à l'école de bons camarades, il s'était dit que non, il voulait rester dans le droit chemin, faire des études et gagner beaucoup d'argent pour payer une maison à sa famille. À dix-neuf ans, il venait d'avoir son Bac avec les deux spécialités économie et maths mais n'avait pas pu intégrer le BUT qu'il visait, ses notes étant trop moyennes. Bien sûr, il avait voulu s'inscrire à la fac mais, en fait, l'annonce d'une mission salariée d'un an pour cette association placardée dans le hall de son immeuble l'avait emballé. C'était payé un peu plus que le SMIC et réservé à une personne de son quartier. Le jeune homme avait dû passer l'entretien d'embauche et n'avait pas été retenu d'abord mais on l'avait rappelé car la jeune fille qui avait été prise avait intégré une école où elle était sur liste d'attente. Une chance ! Il avait signé son contrat et venait toutes les semaines rendre compte de l'avancée de son travail directement à sa patronne, Madame Lambert. Quelquefois, Monsieur Lambert venait passer aussi un quart d'heure avec eux dès qu'il le pouvait ou même le retenait à dîner. Théo était fier ! Il s'employait à ne pas décevoir. Madame Lambert était si gentille ! C'était presque une deuxième maman pour lui. Elle l'accueillait dans son salon avec du thé et des gâteaux. Elle lui apprenait avec de grands éclats de rire à se tenir correctement, lui donnait tout un tas de conseils qui lui seraient utiles : savoir se tenir correctement, s'habiller avec goût pour le travail, parler le bon langage, avec les formules de politesse adéquates. Ne pas dire, par exemple, « Bonjour » mais « Bonjour Madame ou Bonjour Monsieur ». Tout un tas de codes que le jeune homme n'avait pas. Théo se sentait si bien avec Madame Lambert qu'il lui demandait aussi conseil pour sa vie sentimentale. Au début, le jeune homme était si peu à l'aise ! Il se tortillait sur le fauteuil du grand salon. Alors, pour le décontracter, le couple lui avait proposé de faire une partie de baby-foot : elle avait été acharnée ! Et Théo s'était ainsi complètement libéré de sa gêne. C'était un des passe-temps favoris de Charlotte, et ce baby-foot n'avait plus servi depuis sa mort, ses parents en avaient été très émus. Le jeune homme restait intimidé par ses visites mais était en confiance, et en essayant de donner le meilleur de lui-même dans son travail, il se rassurait.

Le jeune homme sonna et l'employée de maison vint lui ouvrir et l'introduisit au salon.

— Bonjour, alors Théo, tu as demandé à me voir, il y a quelque chose de spécial ?

— Bonjour Madame, oh oui ! Je vais vous expliquer ce qui vient de se passer. Vous savez, chez la famille Fonts, il s'est passé un truc de dingue ! La maman m'a appelé en me disant qu'elle avait perdu son téléphone et qu'elle pensait l'avoir oublié à la maison. Elle voulait savoir où il était avec mon détecteur. Et c'est là où on a compris qu'il se passait quelque chose de bizarre, c'est qu'il a été éteint et avait borné vingt minutes après dans la forêt qui n'est pas loin.

— Ah oui ?

— Non, mais attendez ! Vous allez comprendre... J'y suis allé directement, c'était plus loin, dans la forêt qui jouxte le jardin, à deux ou trois cents mètres. Il n'y a pas de chemin et c'est assez touffu, je suis arrivé dans une sorte de petite clairière et j'ai vu une cabane en tôle ondulée, vous savez comme ça ?

Théo montra avec ses mains un toit en angle aigu. Oubliant de se tenir bien sur son fauteuil et de ne pas faire bouger sa jambe droite à toute vitesse, très excité, le jeune homme reprit :

— Je me suis approché tout doucement, sans faire craquer les feuilles et j'ai regardé par la fente : franchement, j'ai failli exploser de rire ! Les deux ados de la famille étaient en train de visionner des vidéos et, vous savez quoi ? Ils avaient mis du papier d'aluminium tout autour d'eux ! Je me suis reculé et j'ai décidé d'enregistrer le son et de filmer sans rien dire et, tout d'un coup, j'ai enlevé une tôle et le papier qu'ils avaient sur la tête.

Le jeune mit la vidéo en route et tendit son portable à son interlocutrice.

La scène se révélait sans appel, les deux ados étaient complètement paniqués et essayaient de cacher le portable. Théo leur expliqua que le défi était terminé pour eux comme il en avait la consigne. Le plus petit, qui avait tout juste treize ans, se mit à pleurer.

— C'étaient les règles, tu le savais à l'avance…

Le jeune homme parla d'une voix douce pour essayer de calmer l'ado.

— Mais on était dans une cage de Faraday, cria le grand, tu ne devais pas nous voir, tu ne devais pas capter les ondes !

— Ah oui ? Qui t'a dit ça ?

— C'est en physique, on a appris ce qu'était une cage de Faraday et je me suis dit que ça allait marcher… Normalement…

— Eh bien, tu reverras avec ta prof de physique pourquoi cela n'a pas marché ! Tu n'as pas du bien comprendre !

On entendit Théo rire franchement sur la vidéo, ce qui eut le mérite de faire sécher ses larmes au plus petit.

— Mais alors, on a perdu les 100 000 euros ?

— Oui, le défi s'arrête pour vous et vous verrez vous-mêmes avec vos parents pour vos temps d'écran.

— Non, j'y crois pas...

— Je vais devoir prendre le portable pour le rendre à votre mère, par contre...

De mauvaise grâce, l'aîné tendit le smartphone à Théo. La vidéo s'arrêtait là.

— Je suis venu directement vous voir...

— Bravo Théo, tu as bien travaillé ! Ah là là, une cage de Faraday... Il va falloir vraiment qu'ils comprennent ce que c'est ! C'est amusant ! Ils sont inventifs ces jeunes gens !

Madame Lambert rit de bon cœur et félicita son jeune employé.

— Je vais prévenir tout de suite les parents et nous irons ensemble ce soir leur rendre le smartphone et leur faire signer le document qui marque la fin de leur participation. Je vais appeler la psychologue qui suit les jeunes pour qu'elle vienne avec nous aussi, ce sera important. Vers vingt heures, c'est possible pour toi ?

— Bien sûr, Madame !

— Encore bravo en tout cas et surtout ne dis rien aux autres familles, ni chez toi, ni à personne d'ailleurs, secret pro, tu te souviens ?

— Oui, Madame Lambert, d'accord, à ce soir !

Théo repartit tout heureux et s'empressa de tout raconter à sa mère, non sans lui avoir qu'il n'avait pas le droit de lui dire ! Mais il savait bien qu'elle ne dirait rien à personne !

Aujourd'hui, c'était un grand jour, après l'inauguration de la cabane dans les arbres des enfants Delfauds avec leurs parents, puis avec leurs amis, la fratrie avait invité Théo et Monsieur et Madame Lambert à un goûter dans leur chef-d'œuvre.

Cette cabane avait été commencée depuis longtemps mais elle n'avait jamais été terminée. Il s'agissait d'un bouquet de quatre hêtres qui avait permis de mettre des planches dans leurs branches à trois mètres de hauteur environ.

Le fait de devoir s'occuper sans écrans avait relancé le projet. Les quatre enfants en avaient fait une de leurs priorités. Construire un plancher puis réaliser des murs, sans abîmer les arbres qui la soutenaient. On avait établi des plans, calculé des cotes, passé quelques après-midi à la médiathèque de la ville voisine pour éplucher des livres de construction en bois. Une fois que le plan avait été arrêté, les planches avaient été négociées à la scierie du coin contre des heures de jardinage dans le potager du propriétaire ainsi que le nettoyage de la totalité des vitres des fenêtres de sa maison. Une planche, contre une heure de travail. C'étaient des planches de pin et il avait fallu les traiter pour qu'elles ne pas s'abîment pas dehors et pour cela, les enfants Delfauds s'étaient cotisés avec leur argent de poche pour acheter le produit au magasin de bricolage. Trois couches avaient été nécessaires. Enfin, les enfants avaient découpé à la scie manuelle les planches suivant leur plan et la dernière opération avait été la mise en place, planche après planche. Le toit de la cabane avait été protégé par des mousses ramassées dans la forêt voisine dans de grands sacs de jute.

Quelle satisfaction de pouvoir s'y réfugier maintenant pour lire ou discuter, d'y inviter des amis ! Un planning avait même été défini pour chaque enfant afin qu'il en ait la jouissance un jour de la semaine alors les week-end et jours fériés, la cabane n'accueillait qu'eux ou leurs parents. Pour y accéder, une échelle était adossée au plus fort des arbres et une porte fermée à l'aide d'un cadenas garantissait un accès très privé.

    Cette cabane se trouvait au centre d'un des prés qui accueillaient les déambulations des poules. Pour garantir encore plus la sécurité, les enfants Delfauds enlevaient l'échelle en aluminium très légère et la rentraient dans le garage de la maison quand ils ne l'occupaient pas.

En ce mercredi après-midi donc, serrés sur les coussins dans l'espace exigu de leur antre qui ne faisait guère plus de cinq mètres carrés, on s'apprêtait à servir aux invités de marque des crêpes additionnées de confiture, de sucre ou de pâte à tartiner, selon les goûts. Le couple avait été installé sur les deux fauteuils de la cabane, conçus avec de vieilles palettes et habillés de grands coussins confortables. Une fabrication maison également, garnis de la laine d'un matelas que la famille n'utilisait plus.

Les adolescents avaient fait les honneurs de leur cabane à leurs hôtes et leur avaient servi le goûter accompagné d'une menthe à l'eau ou d'un chocolat chaud de la Thermos.

— Théo est en retard ! Que peut-il bien fabriquer ? On avait dit seize heures ? Madame Lambert s'inquiétait. Je vais lui mettre un message, ce n'est pas normal...

« J'arrive », répondit le jeune homme.

Effectivement, dix minutes

plus tard, il montait à l'échelle en essayant de reprendre son souffle. Haletant, il resta un moment sur celle-ci avant de se glisser dans la cabane.

— J'ai oublié l'heure… expliqua-t-il tout en se laissant choir sur le coussin qui restait.

Après l'avoir accueilli, la réunion continua mais il se montrait peu loquace. La discussion se centra sur le concours. Les adolescents étaient curieux de savoir si les autres familles tenaient le coup.

— Vous n'aurez pas les informations, cela s'appelle le

secret professionnel, n'est-ce pas Théo ? demanda Madame Lambert en riant.

— Oui, Madame Lambert, bien sûr, répondit-il tout en rougissant.

— Ce que l'on sait avec Roland, c'est qu'avec Théo, on est sûrs que la moindre incartade de connexion est traquée et... de nuit, comme de jour ! N'est-ce pas, Théo ?

— Oui.

Le jeune homme prit alors sa tasse de chocolat et y plongea le nez, semblant boire longuement à petites gorgées. Il n'en finissait plus...

— Théo est une personne de confiance, reprit Monsieur Lambert. À son âge, avoir la responsabilité du concours c'est vraiment rare, il a signé un contrat très exigeant...

Son jeune employé ne dit plus rien et continua à manger ses crêpes avec affectation en prenant garde de ne regarder personne.

— Bon, nous allons rentrer, nous vous remercions beaucoup pour votre invitation et encore félicitations, votre cabane est vraiment très bien, dit Monsieur Lambert.

— Théo, tu passeras à la maison avant de rentrer chez toi s'il te plaît ? lança Madame Lambert tout en descendant avec précaution les degrés de l'échelle, elle n'avait plus la souplesse de la jeunesse.

— Oui, Madame Lambert, répondit Théo qui semblait toujours mal à l'aise.

Alors que le couple était parti depuis quelques minutes, il regarda son téléphone et expliqua aux enfants :

— Une urgence, je vous laisse… Merci !

Descendant quatre à quatre l'échelle, les ados l'entendirent courir.

— Bouh… C'est comme les pompiers, il doit intervenir à n'importe quel moment, moi ça me stresserait, expliqua Clara.

En réalité, Théo cherchait à rejoindre au plus vite ses employeurs. Il arriva juste à temps pour les rejoindre alors qu'ils montaient dans leur voiture.

— Excusez-moi, je veux vous parler…

— Monte, commanda le chef d'entreprise.

— Je vais tout vous expliquer, dit-il en bouclant sa ceinture à l'arrière. Voilà, cette nuit, il y a eu une connexion pendant deux heures, de deux à quatre heures du matin, chez les Matonni.

— Et tu n'as pas fait suivre l'information ce matin comme prévu, pourquoi ? demanda Madame Lambert.

— Je… je vais tout vous dire… Vous avez eu tort de me faire confiance…

Théo expliqua qu'il s'était rendu le matin même chez la famille Matonni, à huit heures. Le père de famille l'avait reçu sur le pas de la porte, en fermant bien celle-ci et, en chuchotant, lui avait proposé de lui donner dix pour cent du prix s'il ne déclarait pas cette entorse au concours. Il lui dit que c'était son fils aîné de seize ans qui avait subtilisé l'ordinateur familial dans la chambre de ses parents alors qu'ils dormaient. « 10 000 euros ! Tu te rends compte ? Tu seras riche ! Il n'y a que toi qui as les mouchards de connexion, n'est-ce pas ? C'est un incident, cela ne se reproduira plus et tu seras riche, ne nous évince pas du concours ! »

Théo, pris au dépourvu par cette proposition, avait répondu qu'il allait réfléchir et était parti. Madame Lambert commença par le féliciter de leur avoir dit la vérité. En réalité, cette dernière avait un excellent niveau pour utiliser les outils informatiques, c'était une geek qui avait suivi des formations de codage et mis au point elle-même tous les outils techniques pour ce concours. Elle avait évidemment la possibilité de contrôler ce que faisait Théo mais celui-ci ne le savait pas.

— Franchement Théo, tu aurais accepté ou pas ? Sois franc, c'est la seule manière de faire maintenant, de toute façon.

— Je me disais 10 000 euros c'est énorme ! J'aurais pu aider ma mère à payer l'électricité et les factures et même lui payer un petit voyage à la mer ! Je ne savais pas quoi faire, en fait. J'étais tenté, oui, acheva-t-il à mi-voix, comme en se parlant à lui-même.

— Ta maman aurait-elle accepté cet argent volé ? Tu

crois qu'elle ne t'aurait pas demandé l'origine de cette grosse somme ? Elle connaît ton salaire ! Tu le sais bien ! reprit sa patronne.

— J'aurais pu dire que je l'avais gagnée à un jeu à gratter...

— Cette somme aurait été versée sur ton compte par la Française des jeux : ta mère a la procuration sur ton compte, n'est-ce pas ?

— Ah oui, le monsieur m'aurait donné du liquide, j'imagine...

Les Lambert gardèrent Théo à dîner et lui demandèrent ce qu'il ferait, lui, s'il avait été lui-même l'employeur, pour une association qui recueille des fonds pour des œuvres de bienfaisance. Théo comprit petit à petit l'énormité de sa conduite. Il n'était plus digne de la confiance de l'association ; Charlotte, de là où elle était, devait aussi le juger sévèrement sûrement, pensa-t-il. Ce fut l'occasion de travailler avec Théo diverses notions : la parole donnée, l'honnêteté. « *Bien mal acquis, ne profite jamais* ». Les époux Lambert lui rappelèrent cette maxime que Théo n'avait jamais entendue. L'argent restait un moyen et l'on ne pouvait s'en servir que s'il était honnêtement gagné. Les Lambert ne lui dirent pas qu'ils étaient au courant de la connexion eux aussi, mais donnèrent une deuxième chance à Théo. Celui-ci s'excusa mille fois et jura que plus jamais il ne se laisserait corrompre.

La procédure fut appliquée pour la famille Matonni et elle fut évincée de la liste des familles concourantes dès le soir. Un coup de fil, puis une lettre de l'association leur fut envoyée sur-le-champ par mail et courrier recommandé. Madame Lambert reprit :

— Dis-moi, comment fais-tu avec ton salaire, Théo, tu le dépenses ?

— Non, en fait il y a un virement automatique sur mon compte épargne et je peux garder cinquante euros par semaine. Cela a été convenu avec ma mère. Je lui avais dit que je voulais l'aider à payer le loyer et les charges maintenant que je travaillais et elle m'a dit de ne rien lui donner mais d'économiser tout pour mes études car elle ne pourrait pas les financer.

— Tu pourrais également faire du ménage ou du jardinage

en plus de tes heures avec l'association, non ? Ainsi tu pourras mettre de côté pour payer un voyage à ta maman ou une semaine de vacances ? Qu'en dis-tu ? Ainsi, tu respectes l'engagement en n'entamant pas ton pécule pour tes études et tu prépares une surprise pour ta maman qui sera, je pense, très heureuse, que tu la lui offres. Tu as dix-neuf ans, tu es majeur, tu peux travailler ailleurs sans souci et sans demander la permission à personne. Tu regarderas sur Internet le nombre d'heures que tu peux faire en plus pour ne pas dépasser le maximum légal par semaine. Tu en penses quoi ? Tu sais, il y a toujours moyen de gagner honnêtement de l'argent.

— Oui, c'est une bonne idée, je n'y avais pas du tout réfléchi...

— Quand on a un projet, on se donne les moyens de le réussir, tu sais, conclut Madame Lambert en raccompagnant Théo.

La psychologue qui contacta la famille fautive ne sut jamais si c'était le père ou le fils qui s'était connecté de nuit ; le père refusa de la recevoir et ne donna plus de nouvelles. Le plus vraisemblable était que c'était bien le père qui s'était connecté, et pour des raisons peu avouables...

Peut-être songeait-il que Théo dormant à cette heure-là, son incartade numérique ne serait pas découverte ?

Rentré à la maison, Théo, encore tout bouleversé, raconta tout à sa mère en omettant simplement de dire à quoi il voulait utiliser cet argent. Il se mit à pleurer. Sa maman lui dit simplement que cela lui servirait de leçon et que ses employeurs avaient été bien bons de lui donner une seconde chance. « Je ne t'ai pas éduqué comme cela et je compte sur toi pour, à l'avenir, me faire honneur... Maintenant, change-toi les idées, tu ne vas pas ressasser cela, et si tu faisais un jeu en ligne avec tes amis pour te vider la tête ? » lui proposa-t-elle le voyant inconsolable. « Dans la vie, on apprend de ses erreurs, c'est comme cela. »

« *Bien mal acquis, ne profite jamais* » : les mots répétés à trois ou quatre reprises par ses employeurs résonnaient dans sa tête. Il éprouvait le besoin de faire quelque chose de concret pour se laver de cette honte qu'il n'arrivait pas à chasser de son esprit. Théo prit alors un papier et écrivit en majuscules la maxime que Madame Lambert lui avait dite. Il l'afficha dans sa chambre sous la photo de l'affiche de l'association où Charlotte le regardait avec un sourire plein de bonheur. « Jamais je ne recommencerai, Charlotte, je te le promets », dit-il à voix haute. Ce rituel effectué, il se coucha et s'endormit sur-le-champ, vaincu par la fatigue nerveuse du jour.

— Tu viens on va chez la famille sans écrans ? disaient les camarades des enfants Delfauds.

Finalement, il devenait plus pratique pour eux d'inviter leurs amis chez eux pour ne pas risquer de manquer à leur promesse. La ferme avec ses hectares de prés et la cabane dans les arbres devinrent un endroit très prisé. De plus, on y mangeait de délicieux œufs à la neige au goûter ! Parties de foot ou autre jeux collectifs de plein air comme le ballon prisonnier, la clé de Saint-Georges... Jeux de société les jours de pluie, etc. De fait, les rires et la joie de ce lieu « non connecté » étaient une expérience très agréable et, il faut bien le dire, assez nouvelle pour beaucoup des enfants. Cette cabane dans les arbres était tellement aimée que certains enfants dont les familles avaient un jardin décidèrent d'en construire une chez eux. La vie réelle et ses plaisirs redevenaient attirants... D'autres enfants, par contre, trop habitués à leurs téléphones et à des heures de visionnage, cessèrent de voir les Delfauds.

Il ne restait donc plus que trois familles en lice au bout de six mois de concours. Mais le destin allait donner un coup de main à la famille Delfauds. Une des familles, au demeurant très aisée, qui participait au concours eut une opportunité d'une mutation au Japon où la mère allait prendre un gros poste dans une multinationale. Elle déménagea là-bas dès le mois suivant et abandonna le challenge. Les parents l'avaient proposé à leurs trois enfants pour limiter leur temps d'écran. En six mois, leurs enfants étaient métamorphosés et la famille comptait bien continuer à appliquer des règles strictes de temps de connexion au Japon. Le concours avait permis aux parents de reprendre le contrôle en la matière. Travaillant énormément tous les deux, ils s'étaient laissés complètement déborder dans ce domaine. Le couple remercia donc très chaleureusement l'association et lui fit même un don important.

Il ne restait donc maintenant que deux familles en lice après six mois : les Delfauds et les Gordan. Théo, ayant donc moins d'heures à consacrer à la surveillance fut employé par l'association pour faire des interventions dans les écoles et collèges avec les équipes déjà constituées sur la sensibilisation et la prévention du harcèlement. De plus, Madame Lambert le chargea de créer une brochure « une famille sans écrans » : pour lister toutes les activités possibles chez soi et dans la vie courante quand l'on n'a pas d'écrans.

— Tu vas aller rencontrer les deux familles qu'il te reste à surveiller et passer du temps avec elles, à différents moments : les soirées, les week-ends. Ainsi, tu les interrogeras en leur expliquant que tu dois faire une sorte de petit magazine pour donner des idées aux familles qui font le choix, pour une journée, un week-end, une semaine ou plus, de bannir les écrans, lui avait-elle expliqué.

— Je vais te donner mon accès à un logiciel pour réaliser des magazines, des affiches ou autres, nous l'avons pour l'association, avait également décrété Madame Lambert. Tu as toute latitude pour la mise en page et le plan : tu nous présenteras ton projet quand il sera bâti !

— Mais je n'ai jamais fait ça ! avait protesté Théo. Vous croyez que je vais savoir faire ? C'est vrai que je peux facilement avoir les activités et les astuces pour s'occuper sans écrans mais pour la mise en page...

— Écoute, avait répondu son employeuse, tu fais un premier jet et ensuite, nous l'arrangerons ensemble. Ne te mets surtout pas la pression, cela va aussi t'aider à acquérir des petites compétences : savoir interviewer tes familles et prendre des notes, puis rédiger cela de manière courte et concise en choisissant des illustrations ou des photos libres de droits. Attention, tu n'as pas l'autorisation d'utiliser des logiciels d'intelligence artificielle et les illustrations doivent être des vraies photos, avait ordonné sa patronne.

C'est ainsi que Théo, en plus de ses contrôles, se mit à la tâche. Évidemment, son guide devait s'adresser aussi bien à des familles citadines sans jardin et vivant dans de petits appartements qu'à d'autres qui vivaient à la campagne. Les activités lecture, chez soi ou à la médiathèque, ou dehors quand le temps le permettait dans son jardin ou dans un parc, furent les premières que Théo inscrivit. Pour les jeux collectifs, les jeux de société, de cartes étaient faciles à décrire pour les jours de pluie ; les puzzles également ainsi que le montage de maquettes ou le bricolage, le dessin, le cartonnage... En ce qui concerne les jeux de plein air, hormis les jeux de ballon traditionnels et autres raquettes, ou le vélo, Théo en mit une dizaine d'autres aidés par les enfants Delfauds : faire des randonnées, créer un herbier ou des tableaux en feuilles sèches ou en fils, construire des jeux de piste et inviter des amis à les suivre, etc. Les idées des jeunes étaient là, données par l'expérience et leur imagination débordante. Nathan et Romane surtout en regorgeaient.

Et puis, évidemment, il y avait la vie quotidienne à ne pas

oublier et qui occupait du temps : faire la cuisine, du jardinage même sur un balcon ou dans des jardins partagés demeuraient possibles. En fait, tout était permis quand on rangeait ses écrans et que l'on décidait de se retrouver ensemble sans ces capteurs d'attention : les liens affectifs avec les autres dans la réalité se tissaient vite et c'était un puissant moteur pour continuer de rire, de construire et de jouer ensemble.

Pour les soirées, Théo élabora une semaine type : deux soirées lecture, une soirée cinéma ou film à regarder ensemble une fois dans la semaine en ayant fait le choix du programme après discussion lors d'un repas par exemple. Pour la quatrième soirée, la musique et le chant étaient des suggestions. Des carnets de chants pouvaient être fabriqués ou même achetés tout faits. Si quelqu'un jouait d'un instrument ou était capable de marquer le rythme, c'était aussi très bien. Pour la cinquième soirée, Théo suggérait d'écouter la radio soit ensemble, soit chacun dans son espace si l'on avait suffisamment de postes. Sur France Culture, un feuilleton radiophonique était offert tous les vendredis soir, par exemple.

La sixième soirée était consacrée à la discussion, soit sur des thèmes que l'on choisissait d'avance ou que l'on piochait dans une « boîte à idées », soit sur la vie de la famille, ses projets, ses besoins d'échange. Le bâton de parole pouvait être utilisé pour que chacun puisse s'exprimer du plus grand au plus petit. Et, la septième journée de la semaine était libre, chacun ou chacune faisait ce qu'il ou elle souhaitait, dessiner, lire, écrire des lettres ou son journal intime, tricoter, fabriquer une maquette, une activité personnelle et créative, si possible.

Le jeune homme voulait réaliser quelque chose de beau, il passait beaucoup de temps à regarder des tutos pour que son magazine soit bien construit. Il y passait des heures en soirée chez lui et oubliait totalement de jouer sur sa console. Il avait fait un premier jet et il l'avait montré à Clara et à ses frères et sœur. Chacun avait pu lui donner son avis pour améliorer son magazine. Évidemment, il leur avait présenté la version papier, imprimée en couleur, ce n'était pas sur son écran ! Après un bon mois de travail, il avait pu rendre son travail à ses employeurs. Ceux-ci l'avaient vivement félicité et, après une révision d'une graphiste professionnelle qui avait gardé ses idées mais mis le document en page aux normes de l'édition, les corrections de fautes ou de syntaxe, ses patrons avaient décidé de l'éditer comme tel à un millier d'exemplaires. Chaque classe visitée par l'association en recevrait deux exemplaires et les élèves pourraient ainsi le consulter à tour de rôle.

Il ne restait maintenant plus qu'un mois avant la fin de l'année « sans écrans » et les deux familles semblaient être en passe de remporter le prix toutes les deux. Dans ce cas-là, il serait partagé en deux comme le stipulait le règlement du concours. Mais Théo allait découvrir que les Gordan l'avaient trompé depuis des mois et qu'il ne s'était aperçu de rien. Il s'en fallut de peu pour que la tricherie qui avait été mise en place dès le début ne soit pas découverte. En fait, ce qui était bizarre dans cette famille c'est que souvent, notamment le soir, quand Théo passait pour son contrôle, il manquait toujours l'un ou l'autre des membres de la famille. C'était soit pour le judo, pour l'entraînement de foot... Et dans ces cas-là, Théo devait aller sur place pour s'assurer de la réalité de ces sorties et de la non-utilisation d'écran. Toutes ces absences étaient notées sur le planning et Théo pouvait choisir de se rendre de manière aléatoire, soit dans la famille soit à une des activités sportives du soir. En fait, la famille utilisait un « Tatoo » : une sorte de bipeur pour se prévenir à distance de la présence de

Théo à un endroit ou à un autre.

Par exemple, le jeudi, si le jeune homme débarquait à l'entraînement de foot de la benjamine, celle-ci bipait vite et discrètement sa famille.

Comme dans les autres familles qui participaient au concours, la télévision de leur maison possédait un système installé qui indiquait si elle fonctionnait ou non. La famille avait donc conclu un marché avec son voisin de palier : ses membres pouvaient utiliser sa télévision et ses appareils connectés tout en sachant que le contrôleur ne risquait pas de surgir car il lui fallait bien une demi-heure pour revenir chez eux quand il passait sur un des lieux de sorties de la famille. Grâce au Tatoo, qui utilisait un réseau radio non détecté par l'employé des Lambert, tout allait bien et l'on pouvait ainsi frauder sans aucun souci. La gardienne de l'immeuble avait un Tatoo et prévenait la famille dès que Théo se présentait au bas du bâtiment. Ce qui intrigua le jeune contrôleur, c'est que la famille était souvent autour d'un puzzle de mille pièces quand il arrivait. Il trouvait cela bizarre que les deux enfants, un fille et une garçon de quatorze et seize ans, passent autant de temps sur les puzzles tandis que les parents se trouvaient absorbés dans un livre. Théo commença à avoir des doutes. C'était trop parfait dans cette famille. Il eut l'idée de repérer en regardant par-dessus l'épaule de la maman à quelle page elle en était dans son livre. Elle se servait d'un marque-page, ce serait donc facile à suivre. Il s'agissait d'un gros livre de plus de quatre cents pages, un thriller suédois : *Millénium*. Le jeune homme s'arrangea aussi pour photographier l'avancée du puzzle sans que personne le remarque. Et ses visites, qui étaient souvent quotidiennes et à différents moments de la journée de manière aléatoire, lui donnèrent vite raison : le puzzle n'avançait guère avec la quantité de soirées où les deux adolescents étaient censés s'y consacrer et le marque-page de *Millénium* était toujours à la même page. Le jeune homme avait compris que la famille était prévenue de son arrivée mais comment ? Il fallait vraiment qu'il trouve un moyen pour comprendre ce qui se passait. Il n'y avait pourtant aucun signal de connexion ou d'ouverture de la télévision, par exemple, dans l'appartement...

Pour en avoir le cœur net, Théo se résolut à se dissimuler

dans le placard qui abritait la colonne sèche dans le hall du troisième étage où résidait la famille. Il vint avant la fin de l'après-midi, et se disposa à passer plusieurs heures en faction dans cet étroit réduit qui lui permettait juste de se tenir debout sans pouvoir bouger. Il comprit que le seul moyen de faire le guet dans ce réduit sans que la concierge le voie entrer était de passer par le premier étage en escaladant le mur pour le rejoindre et d'entrer par une porte coupe-feu de la coursive. Ensuite, il pouvait monter les étages à pas de loup. Sa patience fut récompensée car dès vingt heures, il découvrit que la famille entière se rendait chez leur voisin de palier de gauche où l'on entendait marcher la télévision.

Il ne lui restait plus qu'à les prendre en flagrant délit... Nerveux, dérouillant son corps endolori par la posture qu'il avait gardée trop longtemps, il mit la caméra de son téléphone en marche et entra chez le voisin, ayant frappé légèrement à la porte, bien décidé à confondre les tricheurs. Assis sur le canapé du salon la famille entière était en train de regarder la télévision. Théo dit d'une voix forte « Bonsoir Messieurs Dames ! » puis il ajouta après un instant de silence « fin du concours ! ». Les Gordan le regardaient sans rien dire, comme hébétés... Le vieil homme qui vivait là était assis sur une chaise et, lui aussi, resta muet. Théo fixa la scène encore quelques secondes en avançant un peu et en balayant la pièce. Il sortit ensuite en refermant la porte puis redescendit en prenant les escaliers quatre à quatre sans leur laisser le temps de réagir. Le jeune contrôleur arriva chez les Lambert qui étaient en train de dîner et leur montra ce qu'il avait découvert. On voyait le fils, qui, comme un réflexe, sortait un petit appareil de sa poche. En zoomant,

Madame Lambert repéra que c'était un Tatoo et expliqua à Théo son usage et son fonctionnement. Théo comprit, le fils s'étonnait de ne pas avoir reçu le message de la concierge... Ou de tout autre habitant de mèche avec eux...

Les deux psychologues et le couple Lambert vinrent sur-le-champ pour parler avec la famille. Il y eut des pleurs, des cris... Finalement, après une très longue discussion, la famille s'apaisa et avoua qu'elle avait imaginé de pouvoir continuer à mener une vie avec écran dès le début et avait mis en place ce stratagème en concertation avec le voisin et la concierge. Par contre, aucun des autres habitants de l'immeuble n'était au courant car ils avaient peur d'être dénoncés. Ils avouèrent que c'était le père qui avait eu l'idée de tout cela pour pouvoir acheter une maison et que la famille avait joué la comédie depuis le démarrage du concours.

« *Bien mal acquis, ne profite jamais* ». Théo, qui n'était pas peu fier de son intervention, ne put s'empêcher de ressortir la maxime. Les époux Lambert se regardèrent en esquissant un sourire ! Ils demandèrent aux parents de passer les voir la semaine d'après pour étudier avec eux la possibilité de l'achat de cette petite maison, assurant que, même avec deux salaires au SMIC, cela pourrait être possible. Il y avait des solutions envisageables : une vente en viager, une location-vente ; cela acheva de calmer les esprits.

La remise du prix à la famille Delfauds fut un événement qui ne se cantonna pas à la zone géographique du concours mais fut diffusé partout par l'association « Charlotte Lambert », non seulement en France mais bien au-delà dans nombre de pays.

Une communication très maîtrisée pour que la famille gagnante ne soit importunée par personne. Elle n'apparaissait que floutée et l'essentiel de la communication montrait des messages pour prévenir le harcèlement et l'abus d'écrans, la somme gagnée n'était pas non plus indiquée sur le compte-rendu officiel.

Le magasin « La poule ou l'œuf » connut un regain de fréquentation car, évidemment, les personnes du secteur étaient toutes au courant. Le message passé sobrement que la somme était bloquée sur des comptes pour les études des enfants calma vite les ardeurs des quémandeurs. La famille continuait de vivre comme à l'accoutumée, ayant juste changé une des voitures par une autre occasion plus récente car elle était vraiment en bout de course.

En ce qui concerne les écrans, si l'on remit les permissions selon les âges, les enfants avaient pris l'habitude de leur occupation sans eux et continuèrent à demander à leurs amis de venir chez eux sans sortir leur téléphone. Car c'est un fait, l'on s'amusait tellement dans la cabane ou dehors dans ces soirées feux de camp en faisant griller des pommes de terre, des saucisses et des guimauves, les guitares et les tambourins rythmant les chants ou les jeux !

Clara, l'aînée, était très contente : Monsieur Lambert lui avait proposé une mission d'une année avec d'autres jeunes Européens ; ils seraient six en tout, venant d'Allemagne, d'Espagne, d'Italie, de Finlande et de Croatie. Un an à parcourir l'Europe en racontant l'aventure et en faisant des conférences dans les collèges et lycées pour faire de la prévention et susciter des défis « sans écrans » avec l'association « Charlotte Lambert ». Pour la jeune fille qui rêvait de voyager, cette année de césure avant de commencer à étudier à la fac était une aventure extraordinaire... Son pécule l'attendrait pour l'aider à financer ses études ensuite. Deux secteurs lui plaisaient beaucoup : devenir avocate ou faire de la recherche en physique. Cette année de voyage lui permettrait de mûrir son choix.

— C'est quand même grâce à maman que vous avez pu gagner de quoi vous payer vos études et faire ce concours, que pensez-vous de lui offrir un séjour de quatre jours en thalasso, rien que pour elle ? demanda Grégory à ses enfants réunis autour de lui alors que Lætitia était au magasin.

Il recueillit un « oui ! » unanime et enthousiaste. Le séjour fut choisi et une valise pleine de petits mots doux et de cadeaux que chaque enfant tenait à lui offrir avec son argent de poche, qui restait le même, fut préparée. Le père de famille demeurerait à la ferme pour tenir le magasin et s'occuper des poules. Les enfants avaient proposé à celui-ci de partir avec elle mais Grégory estimait qu'ils étaient trop jeunes pour rester tout seuls pendant quatre jours avec la responsabilité de la ferme et du magasin.

Ce qu'il ne sut pas, c'est que sa progéniture, qui avait de la suite dans les idées, avait pris contact avec les amis proches du couple et l'une d'elles, nouvellement retraitée, promit de venir quatre jours pour veiller sur les enfants et les aider. Le jour du départ, Grégory eut la surprise de partir lui aussi avec sa femme, sa valise avait été préparée en grand secret par les enfants. Cela devenait un vrai long week-end en amoureux !

Vous avez aimé ce roman ?
Vous aimerez aussi…